Prieto Jiménez, Iliana, 1954-
    Juicio a tres brujas / Iliana Prieto ; ilustraciones
Patricia Acosta. -- Editora Mireya Fonseca Leal. -- Bogotá :
Panamericana Editorial, 2013.
    64 p. ; 23 cm.
    ISBN 978-958-30-4203-4
    1. Cuentos infantiles cubanos 2. Fantasía - Cuentos
infantiles 3. Magia - Cuentos infantiles 4. Brujas - Cuentos
infantiles I. Acosta, Patricia, il. II. Fonseca Leal, Raquel Mireya,
ed. III. Tít.
I863.6 cd 21 ed.
A1400140
    CEP-Banco de la República-Biblioteca Luis Ángel Arango

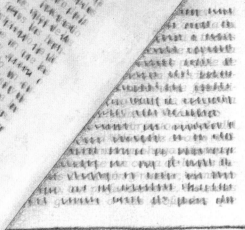

JUICIO A TRES BRUJAS

Primera edición, junio de 2013
© 2013 Iliana Prieto
© 2013 Panamericana Editorial Ltda.
Calle 12 No. 34-30. Tel.: (57 1) 3649000
Fax: (57 1) 2373805
www.panamericanaeditorial.com
Bogotá D.C., Colombia

Editor
Panamericana Editorial Ltda.
Edición
Mireya Fonseca Leal
Ilustraciones
Patricia Acosta
Diagramación y diseño de cubierta
Martha Isabel Gómez

ISBN 978-958-30-4203-4

Impreso por Panamericana Formas e Impresos S. A.
Calle 65 No. 95-28. Tels.: 4302110 - 4300355.
Fax: (57 1) 2763008
Quien solo actúa como impresor.
Impreso en Colombia - *Printed in Colombia*

JUICIO A TRES BRUJAS

Iliana Prieto

Ilustraciones
Patricia Acosta

PANAMERICANA
EDITORIAL

Para Jenny

Lloró.
Es decir, hizo como si llorara,
porque naturalmente las brujas no
pueden derramar verdaderas lágrimas...

Michael Ende

Noticia de última hora

¡Lo nunca visto!

Con alas violetas, azules y rosadas, se despidieron del Gran Salón de Juicios las otroras distinguidas y honorables brujas:

URSULINA, ROSALINA y MARCELINA.

(Para más información, diríjase a las páginas 3 y 4).

Así apareció en primera plana la noticia más importante del fin de semana. Hecho insólito ocurrido, con exactitud, el Tercer Domingo del Mes Cuarto del Año Cero del Quinto Milenio del Reino del Mal, cuando tres brujas fueron acusadas de bondad con alevosía y condenadas a la hoguera por la poderosa BRUJA MAYOR.

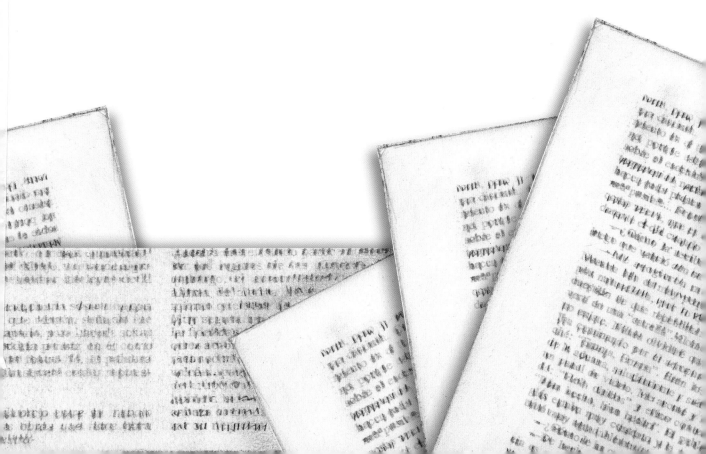

El Gran Salón de Juicios estaba repleto. Duendes y gnomos de patas cortas pululaban entre el público vendiendo chucherías. En una esquina del salón, estaban las tres acusadas. En el centro, donde debía estar el juez, la Bruja Mayor y su séquito de colegas adulonas. Un poquito más adelante, dominando todos los ángulos, con potestad de moverse de un lado para otro, el fiscal de la Corte Suprema, el conocidísimo TRITURÁN, el Gran Brujo Real.

—He aquí a las tres acusadas, culpables de alta traición al poder de Nuestra Ilustrísima, la Bruja Mayor, quienes, desafiando el sentido común, echaron por tierra su condición de brujas honorables —comenzó TRITURÁN.

El salón se agitó en un murmullo creciente. Pero como aquella corte no tenía juez, nadie dio golpecitos apaciguadores en la mesa y el fiscal, satisfecho del efecto de sus palabras, con una mirada hipnotizante, hizo callar al auditorio.

—A pesar de que Nuestra Ilustrísima les encargó misiones de alto riesgo en un plazo de cinco años, las susodichas no cumplieron ni una sola de ellas. La situación se agravó con los informes enviados por los mensajeros secretos —continuó TRITURÁN, mientras desenvolvía un enorme pliego de papel y lo agitaba en sus manos—. ¡Aquí está la prueba irrefutable de la infamia de las tres renegadas!

En el Reino del Mal nadie confía en su vecino.

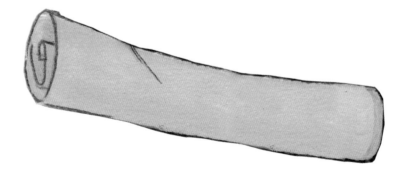

La Ilustrísima Bruja Mayor había llenado
la región de toda suerte de animales rastreros
a los que llamaba "mensajeros secretos", pero en
realidad no eran más que vulgares espías y fisgones de
poca monta. Los de peor calaña eran los cuervos, las
urracas y las culebras asquerositas que merodeaban por
cualquier callejón.

Triturán, Gran Brujo Real, y fiscal de la Corte
Suprema, se dispuso a leer los informes, mientras las
tres acusadas se retorcían las manos con evidentes
aires de culpabilidad, los ojos fijos en el suelo y sin
atreverse siquiera a intercambiar alguna miradita
entre ellas.

—El informe de *madame* Culebra PANZAFINA dice lo siguiente —leyó—: "He vigilado cada acto cometido por la bruja conocida con el nombre de Ursulina y, para mi asombro, pude comprobar que, a pesar de su evidente fealdad, nunca ha asustado a ningún niño, ni al bebé más inocente que haya tenido a mano. Por el contrario, casi siempre sucede que los chiquillos disfrutan jugando con ella. Supongo, aunque no puedo afirmarlo, que les inspira lástima su joroba de camello.

"El caso es que, con frecuencia, la incluyen en sus juegos. Por último, en la mañana de ayer, fui testigo de un desatino mayúsculo: **URSULINA** cantó y bailó en una ronda de niños esa canción que dice:

Úrsula, qué estás haciendo
tanto rato en la cocina..."

El señor fiscal no pudo terminar la canción copiada en el papel porque la **BRUJA MAYOR** sufrió una terrible pataleta. Se haló la greña y, aunque quiso llorar, le fue del todo imposible. Jamás una bruja ha derramado una lágrima —ni de cocodrilo—, lo que es por completo lógico si recordamos que ellas nunca se entristecen; lo máximo que sienten es envidia, celos y una rabia tremenda. En fin, cosas feísimas.

La pobre **URSULINA** bajó la cabeza avergonzada.

Era cierto que ella había cantado y bailado con los niños

un millón de veces y, aún más cierto, que lo repetiría

tantas veces como fuera posible.

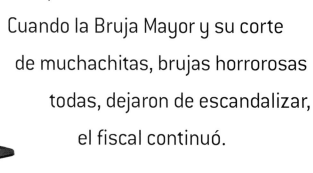

Cuando la Bruja Mayor y su corte

de muchachitas, brujas horrorosas

todas, dejaron de escandalizar,

el fiscal continuó.

—Procedo a dar lectura del informe de don CUERVO BORBÓN, "Cabeza de Carbón" —y acercando los ojos al papel, leyó el pliego del espía—: "Durante cinco años he fingido buena vecindad con la bruja ROSALINA y, por mucho tiempo, logró engañarme. La tal Rosalina es una verdadera farsante; todas las noches vuela en su escoba haciendo piruetas a la luz de la luna como una bruja legítima pero, al mismo tiempo, ha convertido su casa en un confortable lugar de tránsito para viajeros de cualquier origen... Así, he encontrado sentados a su mesa, con vajilla de lujo y servilletas, a conejos blancos, avestruces, cachorros de perros extraviados, mapaches y niños.

Estos últimos reciben un tratamiento especial: además de su habitual mejunje, les brinda unos deliciosos panecillos horneados por ella. Y nunca jamás se le ha ocurrido cocer ni a uno solo de sus visitantes, como lo hubiera hecho cualquier bruja respetable... —el fiscal se detuvo para tomar aire, le lanzó a la pobre acusada una mirada terrible y continuó—. Lo imperdonable es que ella elabora su sopón como si fuera un brebaje hechizado: en presencia del visitante realiza el conjuro y vierte en la enorme olla, sapos y lombrices falsos...

—¿Qué significa eso de falsos? —interrumpió a gritos la Ilustrísima.

—Según el informe de don Cuervo, son sapos y lombrices de goma que flotan entre las mazorcas de maíz. Porque lo que ofrece la acusada a sus huéspedes es, en realidad, un inofensivo y alimenticio caldo de maíz —afirmó el fiscal atravesando la sala hacia ROSALINA—. ¿Tendrás la desfachatez de negar los cargos?

Pero Rosalina no respondió. Se le había perdido la voz de tanto miedo y sus ojos continuaban clavados en el piso.

Claro que todo era cierto. A ella le divertía fingir que era una bruja malvada, mientras preparaba para los viajeros el delicioso y reconfortante guiso.

El alboroto de los concurrentes era incontrolable. Los partidarios del poder de la Bruja Mayor exigían a gritos la muerte en la hoguera. Por fin, TRITURÁN los hizo callar.

—Señoras y señores, ahora le corresponde informar a la urraca Paca-Matraca que, como es analfabeta, no pudo hacer su testimonio por escrito —dijo el fiscal, y luego, ordenó—: ¡Hagan pasar a la testigo!

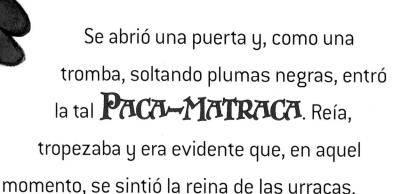

Se abrió una puerta y, como una tromba, soltando plumas negras, entró la tal PACA-MATRACA. Reía, tropezaba y era evidente que, en aquel momento, se sintió la reina de las urracas.

—Huy, huy, huy, ¡qué bueno está esto! Y después dicen que debo aprender a leer y escribir. ¿De qué me hubiera servido? Los otros dos se quedaron con las ganas de ver un juicio sumarísimo por tanta escritura y mírenme a mí aquí... tan cerca de Su Ilustrísima... huy, huy, huy...!

—¡Silencio! —la interrumpió Triturán con mucha autoridad—. Usted solo responderá cuando yo le pregunte.

—¡Huy, huy, huy!, está muy bien, chico. Pero no te pongas tan serio —contestó Paca, sin tener la más remota idea de lo que es buena educación.

—Señora urraca PACA-MATRACA, ¿de dónde conoce usted a la acusada, la bruja Marcelina?

—¡Huy, huy, huy!, pero si tú lo sabes, mi'jito... del bosque que rodea la casa de Marcelina. ¿Tú no te acuerdas que para allá me mandaron a vivir ustedes, la gente del poder...?

—No hable de más, señora urraca —interrumpió otra vez Triturán, pero en un tono más suave—. ¿Qué actos de traición al Reino del Mal cometió la bruja MARCELINA?

—¡Huy, huy, huy, un montón, muchacho!
Eso lo sabe todo el que vive por allí.
¿Quién ha visto una bruja regando las matas?
En casa de Marcelina crecen los rosales
más espantosamente lindos que en mi
corta vida de urraca he visto y ella le regala
flores a cuanto chiquillo pasa por su jardín.
Pero lo peor no es eso... y yo lo mandé a
decir a tiempo —afirmó Paca, mirando con
cierta complicidad al fiscal—, pero
no me hicieron caso...

—Diga qué hizo la acusada que usted considera de tanta gravedad —insistió impaciente Triturán.

—Imagínate que logró hacer, con ayuda de cuatro castores, un dique purificador de las podridas aguas del río —respondió la urraca como un disparador, pero luego se inclinó hacia delante, como si fuera a decir el gran chisme—. Resulta que a partir del famoso invento, la inmundicia que tanto nos gusta, queda acumulada en el dique y ella, con su hechicería hace que el agua se filtre pura y cristalina, para regocijo de sus repugnantes vecinos. Por suerte, desde que se llevaron presa a MARCELINA, yo regresé a mi pantano porque...

Pero la urraca fue interrumpida por otro ataque de la **BRUJA MAYOR**. La traición de Marcelina fue un buen pretexto para que la poderosa y sus muchachitas intentaran llorar otra vez. No obstante, de nada sirvió. Sus ojos continuaron secos, a pesar de los aspavientos y quejidos que lanzaban al aire.

—Corresponde el turno a las acusadas —dijo, al fin Triturán, cuando pudo hablar—. De sus palabras se deducirá si han actuado por voluntad propia o si han sido guiadas por las invisibles manos de una fuerza mayor —y exigió entonces que las tres brujas caminaran hacia el centro del salón.

Pero las acusadas poco sabían
de discursos ni de defensas. Y como
a nadie le interesaba que se hiciera
justicia, no tenían abogados que
hablaran a favor de ellas.

URSULINA, ROSALINA y MARCELINA
se miraron por primera vez y comenzaron a llorar con un
sentimiento indigno de unas brujas auténticas. A Ursulina
le rodaron lágrimas color violeta de genciana por sus
viejas mejillas. A Rosalina le brotaba un llanto púrpura
como la sangre y Marcelina lloraba azul añil.

Para ellas también fue una sorpresa poder llorar. Nunca antes había sucedido y, aunque no era agradable que sus rostros se mancharan de colores tan fuertes, sintieron un gran alivio.

La envidia de la Bruja Mayor y de su séquito al ver las lágrimas de las tres acusadas, hizo que apresurara la sentencia.

—Las tres arderán en la hoguera al mismo tiempo. La ejecución será pública para que sirva de escarmiento. ¡He dicho!

Su Ilustrísima, satisfecha y casi feliz, miró a las tres pobres brujas, y ante sus ojos ocurrió algo extraordinario: Ursulina, Rosalina y Marcelina sufrían una prodigiosa transformación sin que nadie pudiera evitarlo.

Antes de que la BRUJA MAYOR
pudiera abrir la boca, en el lugar de las
acusadas aparecieron tres amasijos: uno
violeta, otro rojo y, el último, azul añil. Nada
se distinguía de las tres brujas, ni siquiera
sus rostros.

Poco a poco, de aquellas extrañas pastas
de colores surgieron tres cabezas con cabellos
largos y sedosos. Más tarde, las figuras de sus
cuerpos se dibujaron perfectas.

Frente a toda la concurrencia, la jorobada bruja **URSULINA** aparecía como una bella joven con el pelo, los ojos y el vestido violetas. A su lado, **ROSALINA**, hermosamente ataviada de color rosado, en honor a su nombre. Y **MARCELINA** lucía un precioso traje azul celeste, como el reflejo del cielo en las aguas purificadas del río.

—¿Qué es eso...? ¿Qué es eso...? —tronó la voz de la Bruja Mayor—. No las dejen escapar... ¡Es un disfraz!

Los guardias con el fiscal corrieron hacia aquellas criaturas, pero no pudieron tocarlas.

Una energía oculta
se lo impidió.

—Imposible, Su Ilustrísima —dijo TRITURÁN aterrado— Esas tres... "cosas" ya no pueden ser sentenciadas en nuestro reino.

—¿Qué dices, mequetrefe traidor? —gritó la BRUJA MAYOR colérica.

Pero el señor Triturán, fiscal de la Corte Suprema, no tuvo necesidad de explicar sus palabras.

Todos los presentes comprobaron que las brujas eran, desde aquel momento, tres hadas con alitas volando sobre sus cabezas, salieron del Gran Salón de Juicios, mientras un fino polvo de tres colores quedaba suspendido en el aire de aquella mañana de domingo.